El beso de la princesa

D1530893

A Jano Güell del barrio

Editorial Bambú es un sello
de Editorial Casals, S.A.

© Fernando Almena
© 2006, Editorial Casals, S.A.
Tel. 902 107 007
www.editorialbambu.com
www.bambulector.com

Diseño de la colección: Miquel Puig
Ilustraciones: Ulrike Müller

Décima edición: abril de 2011
ISBN: 978-84-9348-266-4
Depósito legal: B-13.228-2011
Printed in Spain
Impreso en Índice, S.L.,
Fluvià, 81-87, 08019 Barcelona

EL BESO DE LA PRINCESA

Fernando Almena
texto

Ulrike Müller
ilustraciones

bam bú

EDITORIAL

En un país muy, muy lejano había un gran bosque, tan grande como tres veces grande. En medio del bosque existía una laguna verde. Verde porque en su fondo vivían numerosas plantas. A veces asomaban sus hojas a la superficie y la primavera las cubría con mil flores diferentes. La laguna entonces se llenaba de colores como si se hubiera vestido de fiesta.

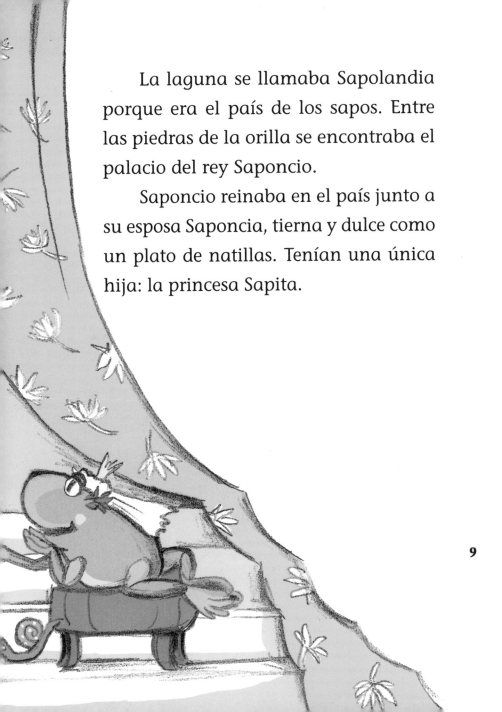

La laguna se llamaba Sapolandia porque era el país de los sapos. Entre las piedras de la orilla se encontraba el palacio del rey Saponcio.

Saponcio reinaba en el país junto a su esposa Saponcia, tierna y dulce como un plato de natillas. Tenían una única hija: la princesa Sapita.

9

A la princesa le encantaba jugar y saltar de piedra en piedra.

10

La reina Saponcia satisfacía todos los deseos de Sapita. Pero no la veía feliz con ningún regalo. Siempre que le preguntaba:

–Dime qué regalo quieres y te lo compraré.

Sapita contestaba:

–Una moto.

Al rey Saponcio, cada vez que oía eso, le daba un ataque.

—¡Una moto! —susurraba, llorosa, la reina—. ¿Una moto en vez de una muñeca saltarina que diga croac-croac y coma mosquitos?

—Una moto —insistía la princesita.

–¿Dónde se ha visto un sapo en moto? –
gritaba, molesto, el rey–. ¡Y más un sapo chi-
ca! Si todavía fueras chico…

El día en que Sapita fue mayor de edad, el rey le dijo:

—Feliz cumpleaños, hija mía. Pídenos el regalo que más desees y te complaceremos.

—Quiero una moto —pidió una vez más Sapita.

15

El rey pegó un puñetazo en la mesa y gritó:

—¡No! ¡Nunca dejaré que mi hija conduzca una moto!

La reina vertió una lágrima y susurró:

—Mejor será que busquemos un príncipe para que te cases con él.

–Sí, es hora de que te cases y tengas un sapito que herede el trono de Sapolandia –añadió Saponcio.

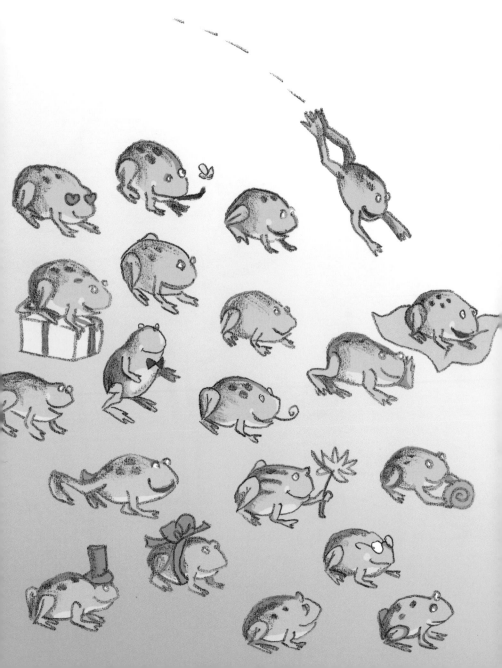

–No existe en todo el bosque ningún sapo que sea príncipe. Además, cuando decida casarme, será con el sapo que me guste. Aunque no sea príncipe –respondió la princesa.

–Ni hablar, te casarás con un príncipe –ordenó entre lágrimas Saponcia.

–Muy bien, como no hay ninguno, no me casaré…

Los reyes, preocupados, consultaron a Sapiente, el sapo más sabio del reino.

—Es cierto, Majestades, ni en el bosque ni en el mundo hay ningún sapo que sea príncipe.

Sin embargo, habla la leyenda de que el único que quedaba fue convertido en príncipe humano por una bruja malvada.

—Un príncipe humano, ¡puaf! —exclamaron los reyes con repugnancia.

—Pero si una princesa de los sapos besara a ese príncipe embrujado se rompería el encantamiento y volvería a ser sapo.

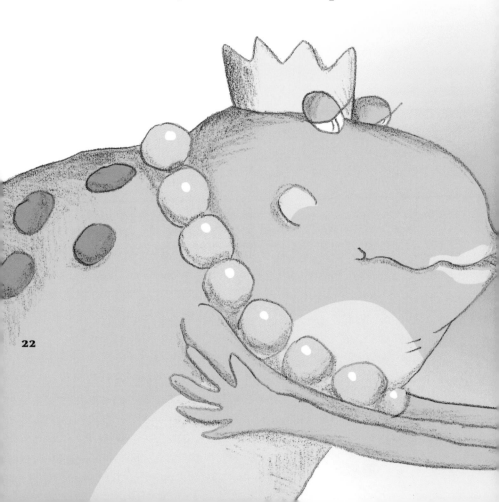

–Maravilloso, un sapo príncipe –dijo la reina.

–Maravilloso, un príncipe sapo –añadió el rey.

Los reyes de Sapolandia pusieron anuncios en los periódicos de todo el mundo pidiendo a los príncipes humanos que acudieran a Sapolandia para que los besara la princesa. Era la única forma de encontrar al príncipe encantado.

Pero los príncipes humanos, en cuanto
leían la noticia, decían:

–¡Puaf, qué asco, un beso de un sapo!

Y ninguno acudía.

Hasta que un día apareció un bello príncipe humano dispuesto a ser besado.

–¿Un beso de la princesa?, claro que sí.
Amo tanto a los animales...

–Haremos una gran ceremonia y traeremos a la televisión para que retransmita el beso a todo el mundo –ordenó el rey.

–Pero no estamos seguros de que sea el príncipe encantado –dijo la reina.

–Tendremos que arriesgarnos –respondió el rey.

El acto se iba a celebrar junto a la laguna verde, frente al palacio de los reyes de Sapolandia. Mil banderas ondeaban en el palacio y el suelo estaba alfombrado con las más bellas flores de la laguna.

Además de los reyes Saponcio y Saponcia con todo su séquito y todos sus súbditos, acudieron la tele y la prensa. Y cómo no, los vendedores de golosinas. El interés por ver la ceremonia era enorme.

El príncipe, para impresionar, apareció
montado en un magnífico caballo blanco.
Cuando estuvo delante de la princesa Sapita,
desmontó y se le acercó.

A la princesa se le notaba cierta descon-
fianza. Pero, al fin, depositó un sonoro beso
en el rostro del príncipe.

Se produjo un «¡Oh!» de todos los presen-
tes y de los que veían el acto por la tele. El
milagro se había producido en medio de una

inmensa nube de humo. Sí, aquel príncipe
estaba encantado y el hechizo se había roto.

La princesa Sapita cerró los ojos con miedo. Pensaba que se tendría que casar con un sapo al que no amaba, por muy príncipe que fuera.

40

De repente se hizo un profundo silencio. Sapita, extrañada, abrió muy despacito los ojos y lo que vio la dejó sin respiración.

El príncipe humano no se había convertido en sapo, sino en... ¡UNA MOTO!

43

A los reyes Saponcia y Saponcio les dio
un soponcio.

La princesa Sapita gritó: «¡Qué guay!».
Saltó sobre la moto, pisó el acelerador y
dicen que aún anda corriendo por las carre-
teras. Y hay quienes aseguran que no parará
hasta que encuentre al sapo que le guste.